胭+砚
project

Piedra De Sol

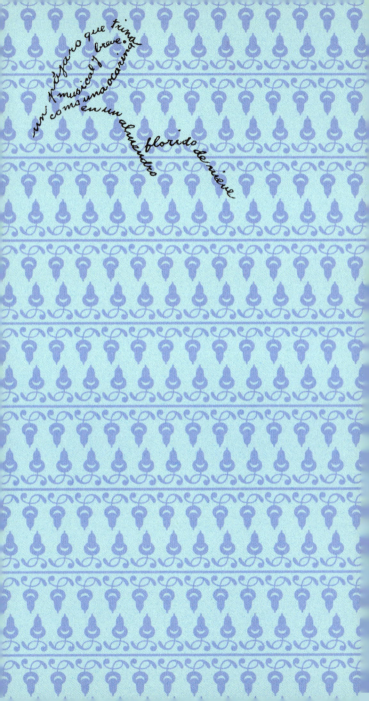

un pájaro que trina
musical y breve,
como una acuarela,
en un almendro
florido de nieve.

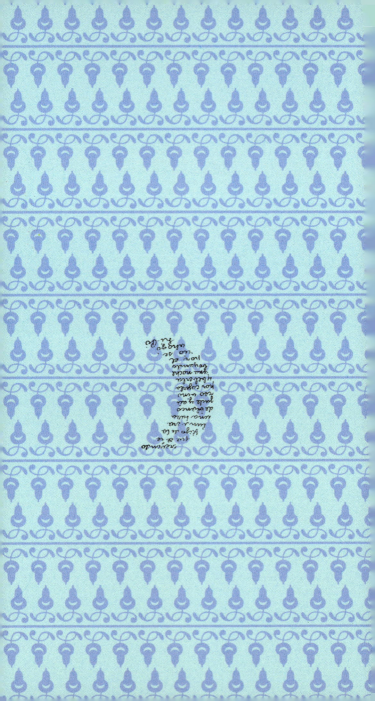

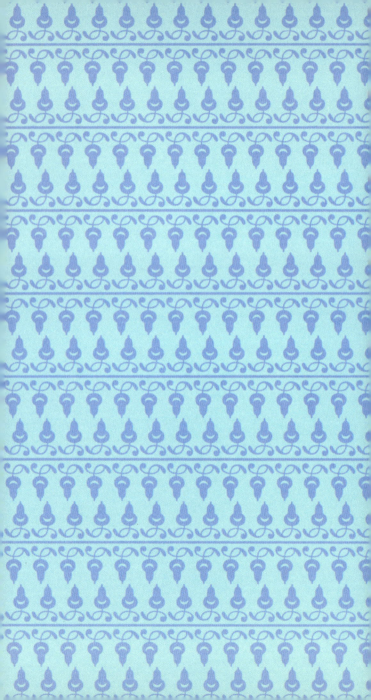

李白

及 其 他 诗 歌

［墨］ 何塞·胡安·塔布拉达 — 著

张礼骏 — 译

漓江出版社

何塞·胡安·塔布拉达

José Juan Tablada

目录

《李白》及其他诗歌　1

LI - PO
y OTROS POEMAS

《李白》及其他诗歌

Imiter le Chinois au coeur limpide et fin

De qui l'extase pure est de peindre la fin,

Sur ses tasses de neige á la lune ravie,

D'une bizarre fleur qui parfume sa vie

Transparente, la fleur qu il a sentie enfant,

Au filigrane bleu de l'áme sa greffant."

STÉPHANE MALLARMÉ.

模仿中国人内心明净透彻，

纯粹的出神境界全在写意，

写在醉月的白雪酒杯之上，

奇异之花散发透明的生机，

童年时用心感受到的花朵，

镶进灵魂的蓝色金银花丝。

————斯特凡·马拉梅

LI - PO

Lí - Pó, uno de los "Siete Sabios en el vino"
Fué un rutilante brocado de oro............

como una
onda de jade
sonora

su infancia fué de porcelana
su loca juventud

un rumoroso bosque de bambús lleno de garzas y de misterios

rOstrOs de mujeres
en la laguna

ruiseñores
encantados
por la luna
en las jaulas
de los salterios

李白

李白，"饮中七仙"[1]之一
耀眼的金丝绸缎……

如同一盏
玉制 酒杯
做
发声的

青瓷般的童年时光
疯狂的青春年华

嘴
露的 牡丹同
满是
草坪
还有神秘

一张张女子的面孔
湖上

弦索里拨[2]弦
纲铁的身姿
夜宵沉醉于
月亮的华光

---

1 杜甫有《饮中八仙歌》，诗中八位酒仙为李白、贺知章、李适之、李琎、崔宗之、苏晋、张旭、焦遂八人。此处或为诗人笔误。
2 也称拨弦扬琴。

luciernagas alternas
que enmarañaban el camino
del Poeta ébrio de vino
con el zigzag de sus linternas

Hasta que el poeta cae y el viento lo deshoja el pensamiento como una flor

Como pesado tibor

un saho que deslíe
SO   RO
no
de confucio un parangón

y un grillo   que ríe burlón

萤火虫交替闪烁

提着 灯 画着 "之"字

迷乱 了 醉酒 诗人 前行 的路

直到诗人倒下　　　风吹散了

　　　　　　　　　他的思绪 如同吹落

重摔青花瓷瓶　　　　　　　一朵

　　　　　　　　　　　　　　　　花

一只青蛙 高声

〇瓜 呱 〇瓜

欲与孔子比高下

老子想说　　以象

　　　　　　嘲弄……

un pájaro que trina
musical y breve.
como una ocarina
en un almendro florido de nieve

mejor viajar
en palanquín
y hacer
un poema
sin fin
en la torre
de Kaolín

de Nankín

. . . .
. . . .

一只鸟唱着简洁
好似顺心的歌。
好似顶一棵扁担桃花白如雪

最好　前行
坐在轿中
写一首
无尽的诗
伫立
南京
高岭
塔上
……
……

guiado por su mano pálida · Es gusano de seda el pincel

que formaba en el papel · negra crisálida

de misterioso jeroglífico · de donde surgía como una flor

un pensamiento magnífico · Con alas de oro volador

sutil y misteriosa llama · en · la lámpara del ideograma

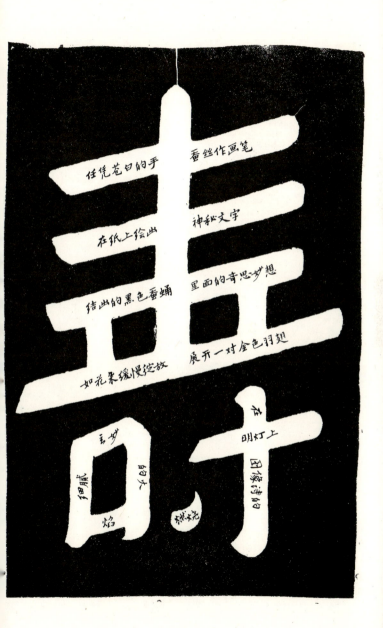

Los Cormoranes de la idea
en las ribe-   ras de la
meditaci   on de los
ríos azu   les y Ama
rillos   quieren
con ansia   que aletea
pescar   de la luna
los bri   llos... pero
nada   cojen sus
picos que   rompen el
reflejo del   astro en aro
gudos añicos de nácar
y alabastro Y Li-Pó mira
inmóvil como en la laca
bruna el silencio restaura

                              la perla de la LUN

La luna es araña
de plata
que tiende su telaraña
en el río que la retrata

                              I Li-Pó
                            el divino
                            que se
                            bebió
                            a la
                            luna
                            una
                    noche en su copa
                        de vino

Siente el maleficio
enigmático
y se aduerme en el vicio
del vino lunático

印象中的鸬鹚

在冥想　　　　的河岸

蓝色的河水，　　　　黄色的河水
它们充满期待　　　　想披着月的光辉
振翅飞翔……　　　　啄却一无所获
啄开月的倒影　　　　珍珠母和雪花石膏
做成的碎银片　　　　李白在凝望
寂静如何在黑漆中重拾

月明珠

月亮是蜘蛛
一身银光
在河中编织蛛网
河水泛出她的模样

李白
这位诗仙
在一天
晚上
喝下
月
亮
在他的酒杯
之中

他感受到
神秘妖术
在月之酒的放纵中
入睡

Dónde está Lí-Pó? que lo llamen
Manda el Emperador desde su Yámen

Algo ébrio por fin
entre un femenino tropel,
llega el Poeta y se inclina;
una concubina
le alarga el pincel
cargado de tinta de China,
otra una seda fina
    por papel,
       y Lí
          escribe así:

                So
                l o
              es t o y
              con mi
              fr as co
              de vino
              bajo un
             árbol en flor

asoma
la luna
y dice
su rayo

      que ya
     somos DOS

        y mi propia sombra
        anuncia después

            que ya
            somos
             TRES

李白在哪儿？把他叫来
衙门里的大臣命令道

最终半醉半醒
在一群女子簇拥中，
诗人到场，俯首致敬；
一位小妾
给他递上毛笔
吸满了墨汁，
另一位拿来细丝绢
　　作纸，
　　李白
　　　　挥笔：
　　　　　　　　　　我
　　　　　　　　　　只是
　　　　　　　　　　端着
　　　　　　　　　　酒杯
　　　　　　　　　　独坐在
　　　　　　　　　一棵盛放的树下
月亮
探身
月光
说道
　　　　　　你我
　　　　　　已二人

　　　　　　　我的影子
　　　　　　　接着宣布
　　　　　　　　　　　　我们
　　　　　　　　　　　　已
　　　　　　　　　　　　三人

aunque el astro
no puede beber
su parte de vino
y mi sombra no
quiere alejarse
pues está conmigo

en esa compañía
placentera
reiré de mis dolores
entre tanto que dura
la Primavera

Mirad
a la luna,
a mis cantos
lanza su respues
ta en sereno fulgor
y mirad mi som
bra que ligera dan
za en mi terredor.
Si estoy en mi jui
cio de sombra y
de luna la
amistad
es mía

cuando me emborracho
se disuelve nuestra compañía

pero pronto nos juntaremos
para no separarnos
ya en el inmenso
júbilo del azul
firmamen
to mas
allá

月虽不能饮酒
影子也不愿走远
它与我随行

　　　　　　　　　　春天依旧
　　　　　　　　　　愉快的陪伴中
　　　　　　　　　　我将嘲笑痛苦

　　看
　　月亮
　　宁静的光辉
　　与我对歌 看啊
我的影子绕我轻舞
　若我是影是月
　　月欢，影
　　　畅

在我醉酒之时
　我们的
　　相伴便会消散

但很快我们会相聚
为了不再分离
　在蓝色苍穹
　　远方无尽
　　　欢愉
　　　中

creyendo
que era
flejo de la
luna era.
una tasa
de blanco
jade y así
zeo vino
por cogerla
y beberla
una noche
boyando
por el
rio se.
ahogo
Li-Po

Y hace
mil cien a.
ños el incienso
sube en cumbran
do al cielo perfumu
da nube.. Y hace mil
cien años la China
resuena doble fune
ral llorando esa
pena en el inmor
tal gongo de cris
tal de la lu
na llena!

月
倒影
白玉杯
金色的酒
捞起酒杯酣饮
那晚李白
在河上
落水
飘

一千
一百年前 [3]
线香将烟云
升上天空 一千
一百年前 中国隆重的葬礼
水晶锣 永存
惋惜 哭泣
月满

---
3 从塔布拉达年代往前推算。

Otros Poemas Ideográficos

Madrigales Ideográficos.   1915.
Impresión de Adolescencia.   1917.
Impresión de la Habana.   1918.

Nocturno Alterno.
Vagues.
Oiseau.
Polifonía Crepuscular.
Luciérnagas.
Ruidos y Perfumes. (en un jardín)
Huella.
Día Nublado.
A un Lémur. (soneto sin ripios)
La Calle donde vivo.
Espejo.

Ahuyenten estas flechas
La sombra de la pata del oso
Sobre el panal de mis abejas...

其他图像诗

1919

箭
这儿支箭驱赶
熊掌在烽房
留下的阴影

Madrigales

Ideográficos

Tu primera
mirada
tu primera

mirad: mirada de pasión

Aun la siento clavada
como un puñal dentro del corazón ...

"EL "EL PUÑAL'

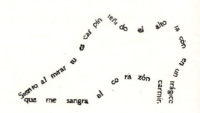

Siento al mirar tu es car pín teñi do el alto ta cón un trágico carmín...
que me sangra el co rá zón

"TALÓN ROUGE"

图像

情歌

你的第一的眼神
我依旧感到扎在心头。

你第一次充满激情
像一把匕首

匕首

染着影
跟
消见你高高的辫
我感到自己的心 在 纸身

红鞋跟

IMPRESION DE ADOLESCENCIA.

ENTRE LAS BARRAS DE LUZ
Y TINIEBLA VERDE DE LA
CELOSIA DEL BURDEL VI
TEMBLANDO LOS OJOS DEL
ANTIFAZ LAS ANCAS DE
LA YEGUA CARNAL EL
TENEBROSO NUCLEO HIRSUTO
DEL MISTERIO SEXUAL.

Careosjodos
de alcohol
y de cristal.

Olores de incienso
y todoformo.

SE QUEBRABA UNA HELADA LUNA ROMÁNTICA

SE EN LA CALLE DESIERTA.

LOS LA - TI - DOS - DE - MI - CO - RA - ZON.

24

青春的百叶窗
无奈一幕一幕
绿色烟云轻浮
面具下双目灵颤动
奔马双臂肥颈
长满硬毛的睛灯
藏着性的亲和。

酒精与琥珀的

笑声

在无人的街上

： — 潮 — 澎 — 湃

TIERRA!..... TIERRA!...

N FRENTE DE AMERICA

CLAMA SOBRE EL MAR TU FULGOR...

COMO CRISTOBAL COLON

E C ERES

caDáver En piE del fuErte Conquistador

Surges sobre la isla de amor

Sobre tus piedras
Llora la vieja luna
y cantan
Las nuevas sirenas

N° LAS GAVIOTAS

LO AZUL

LAS PLUMAS DE LOS ABANICOS
Y LAS SEDAS DE LAS
SE MUEVEN COMO HAMACAS
LAS MUJERES
Y COMO LAS PALMERAS

Habana son tus mil LUCES fulgoras
que se tornan miradas
flores sombrias de las
frutas carnales.

Aromas de alcoba   y de jardín

En el camino de mi ruta ...
hallé una for I

Se iluminan en tus faro llenos los huecos de los españoles

El Adriático azul de tu cálido   mar lleno de luz...........

26

哈瓦那印象

陆地！……陆地！……

在海上一千年得到的光辉

你是克里斯托弗·哥伦布

你是面朝着美利坚[1]

海　鸥

蓝　中

你的右脚踩上

臣服者脚下的尸体

群岛的光辉

哈瓦那 你的石头光芒
是蓝宝石在闪耀
变成女子脸月的注视
多汁水果晴活的花朵

角子的后羽毛
各床的垂堕
呕出动名
燃烧 如 水
棕榈叶一般
人

你的石板上
昔日的月亮在荒芜这
新的一色
在奇诺之音

在城毛扬手寺的迎接上

孩子一束花
你　人　的　月
开　缓　新　在　床　的

包

你温暖的海水泛出　並得里亚海[2]的蔚蓝和光辉……

---

1 即美洲 América 的音译。
2 位于意大利与巴尔干半岛之间。

27

Nocturno Alterno

Neoyorquina noche dorada
    Frios muros de cal moruna
Rector's champaña fox-trot
    Casas mudas y fuertes rejas
Y volviendo la mirada
    Sobre las silenciosas tejas
El alma petrificada
    Los gatos blancos de la luna
Como la mujer de Loth

      Y sin embargo
        es una
          misma
            en New York
              y en Bogotá

                La Luna..!

夜曲交错

纽约的夜晚金黄
　　　　摩尔人的石灰墙冰凉
雷克托餐厅香槟孤步
　　　　房屋寂静铁栅紧固
回头凝望
　　　　宁静的屋瓦上
石化的灵魂
　　　　　月的白猫
像女子洛斯

　然而
　　在纽约
　　在波哥大
　　　是

　　　　同一个

　　　　月亮……！

---

1 Rector's，1899 年查尔斯·雷克托在纽约百老汇大道上开设的海鲜餐厅。

2 此处直译为"女子洛斯"，但 *La mujer de Loth* 实为西班牙剧作家埃乌赫尼奥塞列斯（1842-1926）于 1896 年出版的同名作品。

Vagues

Vagues qui

bercent

et versent

de ses vitres

bleus parfums

jasmins

jonquilles

Sonorité

ou chante

le noir SILENCE

浪涛

玻璃上
浪涛
摇摆
流淌
蓝色香水
茉莉花
黄水仙

音色

还是黑色的寂静
在歌唱

OISEAU

Voici ses petites pattes
le chant s'est envolé. . . .

鸟

这儿是它们的小脚印
歌声已振翅飞去……

Polifonía crepuscular

.... sin cesar el
torrente deshila
el rumor de su telar

el los sapos carraspean su
ronquera y aduermen su
asma pero no cesan de roncar

la cigarra
sobre el paraje
en estridulación
sin fin percute
su inalámbrico
mensaje tic-tic-tic-tic   tic-tic tic-tic..

.. el torrente
mueve sonora
mente su telar

las ranas
desgranan su
gargantilla en el deglutir
globular de fugaces perlas
acuáticas

el torrente molino
de cristales zumba
su gran piedra molar

la cAmpAnA del rosario
de la Montañesa alquería
parodia con tenaz badajo
al Yunque de la Herrería

los grillos
entre las piedras
rechinan su alfiler

las hojas crujen y à mis piés

un cárabo ulula
en el aire

en la curva
de la carretera
herida de luna un tren
pasa arrastrando en la noche un alarido de mujer....

34

黄昏变调

……满溪流 天停靠机杆青些
废 拆

螳螂清着沙哑的嗓子
止住了哮喘
却不停打鼾

蝉
停驻高处
无尽的鸣唱中
拍着无我
电报

吱—吱 吱—吱 吱—吱 吱—吱 ……满溪高声织本

青蛙
鼓起声囊
脱出一颗颗
稻谷粒似的
水珍珠 瞬间消逝

满溪 水晶石铺
日夜摩擦作响

山中农屋
祷告的大钟
钟舌僵硬

戏仿铁匠铺的砧板

石缝中
鸣虫
擦翅吱吱作响

一只灰蛾停 咯咯咯咯

树叶娑娑 我的脚边

空中飞

不疲的弯曲长

月的伤痕 一列火车
黑夜中一路拖拽着一声女子的哀号……

LUCIERNAGAS

La luz

        de las

                Luciérnagas

es un

        blando   **suspiro**

Alternado

          con **pausas**   de oscuridad

Pensamientos

        sombríos   **que se**   **disuelven**

en **gotas**

        instantáneas   de claridad

EL JARDIN ESTA LLENO

             de suspiros de luz

Y por sus

        frondas   escurriendo   **van**

como

      lá

       gri

          mas   las últimas   **gotas**

De la

     lluvia

        lunar............

萤火虫

萤火
　　　　虫
　　　　　　　光
一声
　　　温柔的　　　　　　哀叹
同
　　　　　黑夜　　　　　交替
思绪
　　　昏暗　　　化作
水珠
　　　　　　瞬息　　　　光辉

花园充满了
　　　光的哀叹

繁枝
　　　　间　　　　流　　　　　淌
似
　　　泪
　　　珠
　　　　　最后的　几滴　　　　水珠
来自
　　　　月
　　　　雨…………

HUELLA

PIE

DE

LA

BAI

LA

RINA

Pesada lápida tombal

Sobre su danza que onduló
en el viento

RUTILÓ entre la
MÚSICA

se deshizo

en el

SILENCIO

BROCADO

SEDA

GASA

pluma

INCIENSO

······ ······ ········

脚印

舞蹈　　女郎的脚

沉重的墓碑
压在她
风中飘荡的舞蹈上

旋律间
闪烁

宁静中

化为虚无

锦缎
丝绸
薄纱
羽毛

香
……

39

RUIDOS Y PERFUMEES
(EN UN JARDIN)

UN PÁJARO
luí - luí - luí
iluí -iluí.

UNA TORCAZ
cuú-cú
cuú-cú
cuú-cú

fragancia de
madreselvas y
de tierra húmeda.

EL ANGELUS
tin - tán - tin - tán - tin.

glá - gluglá.
glú -
LA FUENTE *glú -*

UN TRAJE DE SEDA
frú frú
frú frú

UNA RISA
ji - ji - ji - ji

UN ABANICO
frrrrl

EL ANGELUS
tán - tán - taaán . . . . .

UN SUSPIRO
. . . .
crujidos de
ho - ja - ras - ca ...

EL TACONEAR DE LOS CHAPINES
TOC
TOC TOC
TOC TOC
TOC TOC
TOC TOC
TOC

Olores de gasolina
TABACO
Y RESEDA

EL AUTO
teff..... teff.... teff.....

声与香
（一座花园中）

　　　　　　　　　　　　一只鸟
　　　　　　　　　　　　　噜咦－噜咦－噜咦
　　　　　　　　　　　　　　噜咦－噜咦

　　一只斑鸠
　　　　　　咕咕－咕
　　　　咕咕－咕
　　　　　咕咕－咕

　　　　　　　　　　　　金银花
　　　　　　　　　　　　还有潮湿的土地
　　　　　　　　　　　　　弥漫香气

　　奉告祈祷钟声
　　叮－当　叮－当　叮－当

　　　　　　　　　　　　　咕噜－咕噜咕噜
　　　　　　　　　　　　咕噜－
　　　　　　喷泉　　　　　咕噜－

　　真　丝　衫
　　弗鲁　弗鲁
　　　　弗鲁　弗鲁
　　　　　一声笑
　　　　　嘻－嘻－嘻－嘻

　　一把扇子
　　frrrrrrt[1]

　　　　　　　　　　　　奉告祈祷钟声
　　　　　　　　　　　　当－当－当啊啊啊昂……

　　　　　一声叹息

　　　　　　　　　　枯叶
　　　　　　　　　　沙－沙……

　　厚　底　木　鞋
　　　　　　哆
　　　　　　哆　　哆
　　　　　　　　哆　　哆
　　　　　　　　　　哆　　哆
　　　　　　　　　　　　哆　　哆
　　　　　　　　　　　　　　哆

　　汽油味
　　　　香烟
　　　　　木犀草[2]
　　　　　　　汽车
　　　　　　　笃弗……笃弗……笃弗……

---

1 西班牙语中用舌尖颤动的声音模仿扇子开合的声音。

2 一年生草本，气味芳香。

DIA NUBLADO

TRAS DE LA NIEBLA MATINAL
LLEGAN A MI VENTANA
AROMAS DE AZAHAR......
¿MAS ALLA DE LA NIEBLA Y EL AROMA
PASA ALGUN CORTEJO NUPCIAL?

CUELAN LAS SOMBRAS DE LA NOCHE
TRAS DE LAS NIEBLAS DE LA TARDE
SE OYE ¿RODAR UN COCHE......
LADRA UN PERRO
EL SILENCIO COBARDE
LATE UN ECO A LOS PASOS DE UN ENTIERRO

TRISTE LUNA MENGUADA
QUE ABRE ENTRE LOS GIRONES DE LA NIEBLA
SU FLOR DE AZULPRE, PUEBLA
DE PARAPOLAS EL HUERTO
I UN INFANTIL PAVOR AGOBIA
AL VER TANTOS VELOS DE NOVIA
I TANTOS CAJONES DE MUERTO......

多云天

后之雾晨
……香花橙
边窗我到来
外之香与雾
？话情的上礼婚有可

聚凝影夜
漫弥气雾晚傍
……滚滚轮车到听
吠狗条一
静寂的弱懦
动跳上声回的步脚上礼葬

亮月的伤悲小胆
间片碎的雾云在
花的色磺硫绽放
论悖满开园花将
惧恐的年童阵一
纱头数无娘新见看
……棺尸数无有还

A un Lémur

(Soneto sin ripios)

GO
ZA
BA
YO

A
BO
GO
TA

TE
MI
RE

Y
ME
FUI

致一只狐猴

（没有废话的十四行诗）

我很享受

去波哥大

见了你

就离去

POR ESTA GITARILLA   PASA A LA MEDIA NOCHE   UNA ALMA EN PENA....

FRENTE A LOS OJOS   DE LOS BUHOS ATONITOS

TAPIADA DE UNA   NOCHE SIA

LA PUERTA

· Clericorum
Vero Jurn
Erunt epicurea ·

Christus
Regnat

· CRISTO VENDE

· FORES OBSERVARE JUBENT ·

Linquebunt divina
jura. Obtinebunt
Cynica. Flaminas
Deligunt connex...
Faeminas prosjudi-
cant. Passim querunt
Nu. Illasque fæ-
minas... Venerari
et descivi Corpus
tuum mulier! ·

(PETRUS DIACONUS)

· PROPERES

· CAESARES VERO SALUTAB ·

DESPICIUNT ·

Christus
imperat

· PAUPER DE
UT VENIAT

TRAS DE ESTE MURO
HAY UN TESORO OCULTO
O LA PUERTA DE
UNA ESPERANZA

entre la sombra de
la
boca
viv
na
je
de mujer colgada
como una lámpara
que ya vio
espera en vano a
...
b
como una lámpara.

A LO LARGO DE LA PARED BLANCA

DE AUTO DE FE

SOMBRAS

EN LOS BALCONES

TIEMBLAN

INSEPULTOS

LOS SIGLOS

LA CALLE
DONDE
VIVO

Bogotá
A. G. MORALES

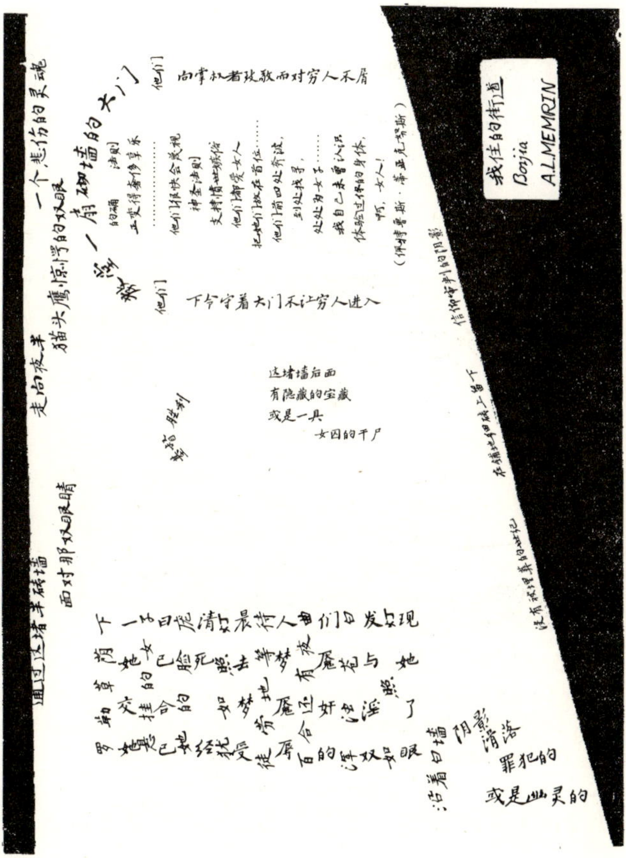

我住的街道
Borja
ALMEMRIN

的掌权者欢聚而对穷人不屑

他们
冲刺
立支得看得手不系
他们把快会发现
神态自得
支撑着他们海阔天……
他们海阔天……
他们门前的些污泥
倒映出身影
把此此样……
露出自己来看个仔细
你绝望已无什么价做
呀，大门……
（你得甚斯·布鲁人之街）

他们
下令守着大门不让穷人进入

夺取 胜利

这墙后面
有隐藏的宝藏
或是一只
女巫的干尸

通过这堵手砌墙
走向死亡
面对那大凶眼睛
猫头鹰惊讶了半天

每们 发现 她
最后人
清醒 去将梦 有魔桶 与 她
一此 已胞死 梦 的魔桶 好怎泡 了
有 和年 如交撑合的 等梦到 的双眼
男 她地 已苦经受 低层户的 怒
注着早墙 阴影 清浩
罪犯的 或是幽灵的

47

EL ESPEJO

ENTRE   RAYOS   ULTRAVIOLADOS

Más allá de los rostros de albayalde y de los ojos de carbón y de los labios bermejos, á través de las más caras y de los antifaces, y de los terciopelos y de los encajes más allá de los juram   entos falaces   y de las ilusio   nes tena ces á   pesar de las son   risas de polvo de   arroz y de los mi   nuetos automáticos, es   te espejo refleja un corazón, la total vanidad de un corazón .... que pueden leerse todas las verdades en los ojos cerrados de la mue muerte y en los ojos en blanco del Amor!......

EN LAS AGUAS DE TU CRISTAL

FLOTAN VERDADES CADAVERICAS

AZOGADO DE SINCERIDAD

镜子

紫外光的照射中户

铅白的面孔、炭色的双眼、橙黄的嘴唇

透过面具、面罩、天鹅绒、绣边织物

欺人的　　誓言　　固执的念想

尽管有　　　　　　求粉般的

笑容还有　　　　　自动的

小步舞曲　　　　　这面镜子

映　出　一　　颗　心　脏

一　颗　心　脏　所　有　的　虚　荣……

一切真相能在死者紧闭的双眼

和因爱痴醉的双眼中淡出……

那　是　你　镀　上　真　诚　的　镜　子

紫在水晶般的水中那

户体的真相辐梓子

49

Como
un
campa-
nario de preté-
ritas campanas,
gris, blanco y mu
sien en la mística
urbe te levantas...
La esquila de
cristal de tal mo-
do cantó la Paz
del Angelus que
hacía Véspero to-
da la tarde.... se
puso a suspirar
con la cigarra......
con el arroyo y
con el follaje oto
ñal...... Tu pálida

plegaria ojerosa de turbadora faz pintada, se lavó a tiempo
con su propio llanto y salió de la iglesia toda blanca......
El collar pecador ya era un rosario; las perlas negras se
tornaron blancas...... Dejando el Kempis por el telescopio
allá en tu campanario observatorio iba tu alma casi des-
encarnada peregrina   de la vía láctea ....y

al borde de los sacos   de carbón tembla-

ba allá en la tierra   tu mortal corazón..

palomas de tu campanario

gris y blanco trazaban

por el cielo las blancas

parábolas de tu azul

evangelio.

SOMBRA MAS GRANDE SOBRE EL ATRIO.....

Y A QUIENES MEDITABAN FINGIA EL CAMPA-

NIL CON SU SOMBRA LA SOMBRA BUENA Y

GRIS DEL DULCE "POVERETTO" SAN FRAN-

CISCO DE ASIS. ASI EL HERMANO SOL

TRAS DE TU CAMPANARIO TENDIO LA

SOMBRA BEATIFICA SOBRE LAS FLORE-

CITAS DEL ATRIO . . . .

. . . .

Ahora tu espiritual arquitectura
Empina su arranque ojival
Tanto que se me figura
Ver en el gesto de plegaria y de paz
De tus brazos tendidos a la altura
Las torres de una Catedral.

La Guaira, 20 de octubre de 1919.

致阿玛多·内尔沃 [1]

像
一座
钟楼
古代的大钟
灰、白，
富有旋律
你在一座
神秘都市
矗立……

玻璃铃铛唱着
长庚星 [2] 每个傍晚
做的奉告祈祷……
开始和蝉一起
叹息……和溪水
还有秋叶……

你的祷告苍白
来自发黑的眼窝
和焦虑的妆容

你钟楼上 的鸽子
绘出灰色 与白色
天空中 的白
你蔚蓝 的抛物线
福 音书

及时用自己的涕泪清洗随后煞白地走出教堂……
有罪的项链已经变成念珠黑珍珠成了白珍珠
舍弃肯皮斯 [3] 拾起望远镜你近乎出世的灵魂

在观天的 　　　　　　的 贮炭的
钟塔徘徊 　　　　　　麻袋边
朝拜空中 　　　你死去的心脏
的银河…… 　　　在颤抖……

更大的阴影在门廊上……

钟楼向着那些冥想的人

用它的阴影伪装温柔的"穷人"

圣方济各亚西西 [4] 友好的灰色身影。

太阳兄弟在你的钟楼后面

投下祝福的恬静影子

落在门廊的花朵上……

…………

现在你灵魂的建筑
高举它的塔尖
举得那么高
我以为在你向上展开的双臂
做出祈祷和平的姿势中
看见了一座教堂的高塔。

1　全名阿玛多·鲁伊斯·德·内尔沃·奥尔达斯（1867-1919），墨西哥现代主义作家、诗人。

2　金星晚上在西方天空出现时的名称，清晨在东方天空出现时名为"启明星"。

3　托马斯·肯皮斯（Thomas à Kempis，1380-1471），文艺复兴时期德国灵修倡导者。

4　San Francesco d'Assisi（1182-1126），方济各会的创办者。

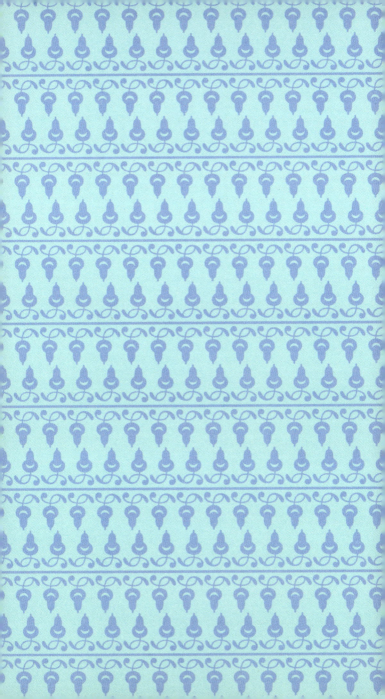

一天

. . . . . .

{ 融 合 的 诗 歌 }

献词

致诗人

千代尼

诗人

芭蕉

我心爱的身影

序言

艺术，我曾想用你金色的扣针

把蝴蝶飞舞的瞬间

钉在纸上；

在简短的诗句中，

如一颗颗露珠，

让花园中所有的玫瑰放光；

将植物和树木

存在书页中

好比一本标本集。

神奇的麝香囊

在你香味的戏剧中

勾起爱的过去。

海里的小螺壳,

在沙滩上毫不起眼,

却有无限的声响!

早晨

鸟舍

百歌齐响，

音乐的鸟舍

一座巴别塔。

兀鹫

昨晚整夜雨，

兀鹫不断把毛理

向着阳光。

蜜蜂

蜂场蜂蜜

不停地流，

滴滴似蜜蜂⋯⋯

柳树

柳条弯弯

如金子，似琥珀

是道道光束……

番荔枝

番荔枝

弯下枝条说：

一对鹦鹉。

虫

小小虫子，路上行走

收着翅膀，背在身上

好像朝圣的行囊……

鹅

突然间

鹅群吹响警报

用土制的小号。

一天……｜融合的诗歌

竹

长条的爆竹

才入空中就落枝头

在碎玉细雨中。

蜻蜓

蜻蜓：

玻璃做的钉子

滑石般的翅膀。

　　　　一天 …… ｜融合的诗歌

孔雀

孔雀，柔长的光辉

你从群禽中走过

像极了游行的队伍……

云

云

安第斯山脉上飞过，

一座山到另一座山，

拂过神鹰的翅膀。

香橼花

香橼花

蜂群的最爱

（蜡与蜜的香味）。

下午

棕榈

炎热的午休时刻

连棕榈

也不愿扇一下它的扇子……

紫罗兰

刚浇了水

草地布满紫罗兰花，

天空被亵渎的倒影。

蚂蚁

婚礼仪仗队，

蚂蚁

拖着柑橘花的花瓣⋯⋯

龟

虽然永远不变，

像搬运车，龟

蹒跚走在路上。

知了

知了

摇动它们的小铃鼓

满是细砂……

一天…… ｜融合的诗歌

青蛙

拨浪鼓的齿轮

细水流过吱吱作响

在青蛙的磨上。

斑尾林鸽

一座山到另一座山

越过山谷长河，

一只哀呼，另一只应答。

枯叶

庭院枯叶满，

春日未见树木间

绿叶多如斯。

旅馆

秋意住春馆；

枯叶遍地青苔间

布满网球场。

傍
晚

马蜂

马蜂归来

像靶上的箭矢

扎在马蜂窝上。

灰鹭

钉在

飞箭似的喙与爪上，

灰鹭飞翔。

夜蛾

夜蛾飞舞

让念着"玛利亚"的姑娘

不敢作声……

蛤蟆

团团泥块，

昏暗的小路上

蛤蟆跳。

珊瑚树

珊瑚树，

万千花朵红如火

枝形大烛台。

蝙蝠

黑暗中

模仿燕子的身姿

为了天明后飞翔?

夜莺

辉与珠，月之歌

听……音乐盒

夜莺的凉亭。

三角梅

夜

预示三角梅的烟火

在夕阳中燃烧。

夜蛾

夜蛾的羽翅

把枯叶

还给裸露的枝条。

一天......｜融合的诗歌

夜
晚

萤火虫

枝上点点萤火虫……

夏日圣诞夜？……

夜莺

恐怖的黑色天空

夜莺的赞歌

为唯一的一颗星星颤抖。

野蜂

固执的野蜂

绕着灯泡嗡嗡作响

好像通电的扇子。

蜘蛛

明月

照蛛网

让蜘蛛守着夜。

天鹅

向着湖、向着宁静、向着黑暗，

无比纯洁

天鹅用脖颈提问……

月

黑夜是海；

云是白贝；

月是明珠……

萤火虫

露水般的宝石

萤火虫，点亮，

阿拉丁的神灯！

后记

啊，船夫！

　　梦，在你的小船上，

带我在夜的长河里划行

驶向未来金色的河岸……！

花

罐

〔 解 离 的 抒 情 诗 〕

○ 发句 ○ 旅途 ○ 园中 ○ 动物集 ○ 景色
○ 海景 ○ 夜的时钟 ○ 树 ○ 水果 ○ 微剧

发句 [1]

《一天……（融合的诗歌）》是《花罐》的姐妹篇，1919 年年中在加拉加斯 [2] 出版。

恩里克·冈萨雷斯·马丁内斯、赫纳罗·艾斯特拉达、拉斐尔·洛佩斯和拉蒙·洛佩斯·维拉尔德 [3] 等墨西哥人做的评论慷慨缓和，不足以构筑那些诗歌的特点。另有一则评述，对中国诗歌和亚历山大体讽刺诗研究深入，在我看来有见地但理解不够……松尾芭蕉和千代尼刻写在献词中，他们响亮名声的双重光芒也无法照亮黏滞的笔墨，斜眼的鱿鱼

1　诗人使用的日语原文为 Hokku，即日本古典文学中连歌的第一句。

2　委内瑞拉首都。

3　四人都是墨西哥诗人或作家。

在里面徒劳地摇摆……

"融合的诗歌"以及"解离的抒情诗",正是按照日本发句,或者说俳谐的形式创作的。能够把这一形式引入西班牙语抒情诗里,我感到很高兴。即便只是为了反对那些难以入目的修辞,这样的文笔只有在克莱门西亚·伊萨乌拉[4]的玻璃眼睛里,能让海地普通的厚嘴唇诗人被视作诗人。俳谐,无需瓷瓶,净身绽放。

本质上,这一形式正是现代思想的媒介;纯粹赤裸的抒情主题内含惊喜,诙谐之处藏有真知。

对于那些以大小论优劣的人,要知道就生物体本身而言,无所谓大,无所谓小;摩天大楼只是法蒂玛之手[5]的手套,尼罗河畔的金字塔不过是法老尸体的睡帽;然而别忘了,还有细胞,还有一立方毫米以太[6]中贮存的百万千瓦……

---

4 15世纪法国"加雅科学院"创建者,他推动了文学事业的发展。
5 西亚以及北非地区一种常见的掌型护身符。
6 物理学史上一种假想的物质观念,曾被认为是充满空间的物质。

《一天……》出版一年后，《新法兰西评论》[7]（第84期，1920年9月1日）刊登了12位法国诗人的俳谐作品，有几首特别美，比如让·波朗[8]的这首：

谁在和你说话，笑脸盈盈？

没有，溪水在卷动

几朵花……

最近，保罗·福尔特认识到了日本诗歌在法国著名作家间激发的兴趣，也注意到了在这些作家的诗作中出现了"俳谐之春"。这与英语诗人的诗歌融合创作一同证明了这一形式值得普遍化。诗歌融合的创作方式之前一直深深地吸引着我。

在众多墨西哥年轻诗人中，有两位已经开始创作俳谐

---

7 法语原文为 *Nouvelle Revue Française*，20世纪初由安德烈·纪德等法国文人创办。

8 法国诗人 Jean Paulhan。

了。一位是拉法尔·洛萨诺，他的简约的诗风值得称赞。另一位是卡洛斯·古铁雷斯·克鲁斯，他创作了许多融合诗，大多都很不多，其中一首尤为出色，名为《毒蝎》：

> 墙角现毒蝎
>
> 一对括号正中间
>
> 倒钩来提问……！

俳谐，定是让 17 世纪的松尾芭蕉老先生乐得合不拢嘴，这位诗人的灵魂是滑头弗朗索瓦·维永 [9] 和圣方济各亚西西 [10] 的混合体。遗失在远方日本花径里的迷迭香，如今以和蔼可敬的魅影形态出现，踏在世界各地的道路上。

何塞·胡安·塔布拉达

1922 年 4 月，于纽约

---

9 15 世纪法国诗人，为人放荡不羁，犯下不少罪行并写进自己的诗文中。

10 方济各会创办者。

旅途

"希望"酒店

流淌的祖母绿

船静不前行

锚上刻着你的名。

（波哥大，哥伦比亚）

停滞

河水泡沫堆积

碎石间

佯装白色大海绵……

菌

菌体颜色丰富

日式蟾蜍

撑起小阳伞。

瞭望塔

向着穿行的蝰蛇

鸟自树上宣告

朝圣者靠近之时。

凤冠雉¹

瓜多竹林²里据竹条？

或是凤冠雉在欢叫？

嘎……嘎……嘎……

（哥伦比亚）

---

1 原产美洲的一类鸟，个别品种为哥伦比亚特有种，此处西班牙语原文为 guacharaca，无法确定其具体品种。

2 禾本科瓜多竹属植物，产于南美洲。

绿尾鹟䴕 [1]

翅羽染靛蓝

鸟喙细且长

一只大蜂鸟……

---

1 拉丁学名 *Galbula galbula*，哥伦比亚及委内瑞拉常见鸟，全身拥有亮丽的蓝绿色羽毛。

根

地上如波行

橡胶树根忽如蛇游

窜入土地中……

稻禾

谷穗装毛虫

效仿蝴蝶

茎秆顶上秋千荡。

暴风雨

路上风雨急……

公鸡鸣

庄园近!

在路上

山上行路六小时，

远处闻犬吠……

茅舍中可有食物果腹……？

碎石滩

银溪脚边流淌，

闪耀在阳光和细雨下

山径上的碎石。

..... ？ .....

两道光几乎静驻

夜的小径上。难道是猫头鹰？

难道是汽车……?

园中

蜻蜓

固执的蜻蜓

要把透明的十字

钉在抖动的光枝上……

花罐│解离的抒情诗

晴天

每一朵花

都有一只蝴蝶陪伴……

雨天

每一朵花

都成了泪瓶……

花罐｜解离的抒情诗

水仙

水仙盛开

献上小盘小杯

黄金、象牙……还有茶香!

利立浦特 [1]

一只蟋蟀一动不动

身上爬满蚂蚁。格列弗

在利立浦特的记忆……

---

1 《格列弗游记》中描述的小人国。

花罐 | 解离的抒情诗

萤火虫

花园里

朵朵玫瑰

轮流绣上了箔片……

飞舞

暮天静谧

祷告的钟声，蝙蝠

云雀一同飞舞。

夜蝉

银色响尾蛇

一束颤抖的

月光下……

动物集

小毛驴

身上装货时

满身苍蝇的小毛驴

幻想在绿宝石的天堂……

草鹭

草鹭，树荫里

你的绒羽是大理石，

风中飘动的雪花

阳光下的珍珠。

鳄鱼

灰色的鳄鱼

趴在灰色的河滩上

好像玻璃工艺品……

猴子

小猴子看着我……

可能想对我说什么

却想不起来!

美洲豹

豹纹闪耀：

金色的田野

太阳的斑纹。

鹦鹉

紫色鹦鹉

绿鸟笼中，

鄙夷我的惊讶……

景色

○ 景色 ○ 晚霞
○ 全景 ○ 绕圈

景色

柳絮如泪落满河面

河水映出

农村墓地里一个个十字……

晚霞

晚霞的巫术从煤矿山间

　蒸馏出奇异的苯胺

　留在地平线上……

全景

窗下，瓦上月霜

中国式的影

夜猫的丝竹声。

绕圈

黄昏的景象，

　围着月亮

云雀画了个圈。

海景

海豚

蓝色与白色的波纹间

海豚跃动涌进

阿拉伯式的浪与锚。

花罐│解离的抒情诗

贝

娇柔的海浪向我展示

肉体的，她的洁白中，

曾让魏尔伦[1] 不知所措的贝壳……

1　法国诗人保尔·魏尔伦，象征主义文学代表人物。

鹈鹕

如同人类的自杀行为

巨大的鸟喙钉入岩石

鹈鹕让自己死去。

（加勒比海岸）

花罐｜解离的抒情诗

飞鱼

太阳的金石敲打

大海迸溅出玻璃碎片。

夜的时钟

○　○　○
晚　晚　晚
上　上　上
12　8　6
点　点　点
　　　半

○　○
晚　晚
上　上
10　7
点　点

晚上 6 点

向着珍珠色的天空

含羞草

折起叶子。

晚上 6 点

云雀短促地歌唱

在空中画出一个个"无限"[1]的符号。

1　指数学中的无限符号"∞"。

晚上6点半

夜蛾

从墙上飞落，

灰暗如时间。

晚上 7 点

沼湖里的青蛙

鼓动悦耳的水泡

在水面破开……

晚上 8 点

蟾蜍向落在池塘

可怜的星星

唱着悼亡歌。

晚上 10 点

凶恶的鸮发出一声嘲笑

朝着猫头鹰巫师，飞向安息日。

晚上 12 点

时钟像在啃咬半夜，

鼠尾般的分针

好似回声……

树

○柳 ○王棕 ○竹

柳

重情的柳树，你哭得太多

都弯了腰，你映在河里

如同映在自己的泪水中……

王棕 [1]

王棕建筑师

竖起大圆柱，叶子

投下穹顶的模样。

1　学名 *Oreodoxa regia*，原注。

竹

如亚里士多德一般的鸟，

静默无声，啊，秋竹，

你的叶，似羽毛……

水果

水果

诗人单手叉腰

不带苦涩地歌颂

哦，我的水果！

番荔枝

热带的情人

在你白色的果肉间

看着他爱人的胸脯。

香蕉

你挂满绿色的磨坊

阳光把你烤得金黄，

啊，热带的面包！

石榴

白色花边之间

你同时端起

杯与酒……

西瓜

夏天，红色清凉的

微笑，

西瓜

切片！

橙子

给我两个

装满蜜的金杯

消渴!

微
剧

Dramas Minimos

英勇

忠诚的小狗你最终胜利了

你的叫声

吓得火车撒腿就跑……

幼儿园

一只鸟在笼中歌唱：

为什么小孩们自由

而我们没有？……

萤火虫

天真的萤火虫躲避它的追赶者

没有藏在阴影里

它躲在了最亮的月光中……

信

决别的信

我苦苦找寻

留在上面的一滴泪痕……

······

梦想，如水

若是凝结

便是冰……

致一位批评家

波哥大的批评家：

井底之蛙

焉知天之广海之阔？

失眠

在它的黑板上

合计火柴的数目……

身份

黑人娼妓

流下眼泪

白色的眼泪……同我的一样……!

夜

落日映火山

天穹无尽，不见飞鸟

但闻其声……

（墨西哥谷地）

花罐｜解离的抒情诗

科约阿坎 [1]

科约阿坎，你名字中的森林狼

　　向已经逝去的往昔

　　发出难以平息的哀嚎……

1　Coyoacán，墨西哥城城区名，曾为德巴内卡人的一个政治中心，殖民初期，当地人联合西班牙殖民者对抗阿兹特克人。在纳瓦特语中，意为"森林狼之地"。

小蛤蟆

你也见到，可怜的蟾蜍，

一颗星星落在你的池塘里；

我的女子，你的星星

在我们头顶上变成了钻石！

流星

我望见时，她飞逝而过

连接了天与地

连接了她金色的涕泪与我的哀叹……

哥伦比亚，委内瑞拉

墨西哥，1919年至1920年间

集

市

{ 墨 西 哥 诗 文 }

纽约, 1928

集市

　　一些关于我们生活中集市的文字，拥有自身活力带来的韵律，这一活力并不来自狄俄倪索斯[1]年轻女信徒的欢呼声，而是来自成熟的节制，当奉告祈祷与黄昏开始暗示我们消逝在即；暗示着神秘隐退，思考近在眼前的另一世界……

　　一些感知的内容依旧在这部《集市》中延续，但嘲讽已经带来觉醒……我们为了"宽宏大量的雄鸡"[2]——晚期的唐璜主义[3]做出退让。

1　古希腊神话中的酒神，奥林匹斯十二主神之一。
2　对应同名诗歌。
3　指西班牙剧作家提尔索·德·莫利纳作品《唐璜》中主角的行为特点。

在"小饭馆"[4]的美食中，除了香料的味道，我们将品尝到快乐、灵魂的本质……

对于动物的爱：《鹦鹉》[5]《蟾蜍》[6]《红嘴树鸭》《哈瓦那雄鸡》，一首首短小的俳谐连歌，神智学[7]与一切所造之物的紧密联系清晰可见。

想成为天使的人（我们都会成为天使，因为大地是天使的学校），记得曾是月亮上的动物，那些将会变成人的动物……

另几首诗令人想起童年：《哈，哈，哈……！》[8]、《小鱼肥皂》，等等，源自对存在于"圆满时间"中的不懈追求，或者说，存在于"永恒今日"，而不是可悲地受限于当下、过去和未来，即我们现在 0+0+0 的感觉中枢……或许也因为成人或老人在审视自己童年的样子时，激动地感觉听到了基督的声音："你们要像孩子一样！"

在举办集市的小广场上，有一个小教堂，人们既虔诚又

---

4 对应同名诗歌。
5 对应诗歌《鹦鹉三联画》和《情感的三联画》。
6 对应诗歌《蟾蜍的寓言故事》。
7 一种宗教哲学和神秘主义学说，创始人为海伦娜·布拉瓦茨基。
8 对应诗歌《哈……！哈……！哈……！哈……！》

热心。教堂的墙上，挂着一幅致一位诗人的"宗教画"[9]，作为曾经的誓言这幅画不仅是为了纪念他，还献给了所有离开故土的诗人，并向仍然在世的诗人致敬，他们受尽了生活粗暴的折磨，就像迦太基的狮子[10]，像那些被故意弄瞎眼睛唱歌的人，像中国的金丝雀……教堂的墙上还挂着"致圣贝尼托的祷告词"[11]，或许"安东尼卡"[12]会照着诵读，她是跳着旋转舞步热血膨胀的卖身女……，象征着我青春时代的妹妹，静修的灵魂今天为这位心中不再有悔恨宽宏大量的女子祈求……

　　…………

多么空虚的文字……！诗人、国家、我……当祖国和人民不再，当我们只是细如原子的尘埃，被和平的旋风卷向上帝！

9　该词同样出现在诗歌《曾经致洛佩斯·贝拉尔德的誓言》中。
10　即北非狮，罗马帝国时代曾被大量抓到斗兽场作为斗兽。
11　对应同名诗歌。
12　对应同名诗歌。

斗鸡场的黎明

北方的雄鸡向着黎明

在梦中无声地歌唱。

对于南方雄鸡

喔喔的叫声

空荡荡的小广场上

黎明的星辰是蓝色天空的玉米粒……

号声、角声。号角声。

每个号手

争抢最高的那一声。

斗鸡场的起床号

骑兵团

早起的号声……

夜晚

当最后一座城堡被烧毁，

我们在梦中感受到

紫红色、蓝色和白色

飞舞的烟花

当雄鸡高歌……

你失眠时，灵魂充满集市的氛围，

没有听见那只雄鸡在歌唱？

它把黄金星币七[1]

抛向了天空……

我望着夜空碰运气

----

1 塔罗牌中的一张牌。在星币七中，牌上的人物正观望着自己种下的一棵摇钱树，眼神专注。

不久看见苍穹的黑暗中

金色的烟尘和黄玉的云雾，

雄鸡的四声鸣叫……

交响乐般的斗鸡场

在它们尖锐或嘶哑的叫声中

传出一声慌张的嘶叫

好似小马受惊拔腿就跑。

家中和田间

飘过乡村清晨

其他的声音

轻轻的，像水在流淌……

三色大雄鸡

高大的斗争胜利者

身着大批风，

拥有完美的三种颜色

集绿咬鹃[1]和秃鹫羽毛于一身……

（古老的祭献者

隐藏的返祖现象，

尾巴如纯色煤玉

在五彩的阴影中。）

它用晨曲，

把国歌的前几拍

1　即凤尾绿咬鹃，分布于墨西哥南部与中美洲地区，拥有一身靓丽的蓝绿色羽毛。

从山丘，

送到山谷！

啊，棱镜一般的雄鸡，

你的音乐刚把晨光筛过

整个大地上

爱国的红色、绿色、白色和彩色

雪崩一般倾泻而下！

你的歌声撒下史诗般的月桂枝

啊，爱国的大雄鸡，

你把一整年都变成了

9 月 16 日[2]！

"三誓军团"[3]，请你给我水和面包，

---

2 墨西哥独立日。1810 年 9 月 16 日墨西哥大部分地区从西班牙人的殖民中独立。
3 墨西哥 1821 年至 1823 年间争取祖国独立的军事组织，其三个誓言分别是天主教、独立和团结。

请你把我爱人的前额和月亮的光辉还我，

还我黄道十二宫[4]，还有火山上的白雪，

还我一切三色之物！

请为我唱响国歌，

激励我平淡无奇的灵魂[5]

跟在将军的身后，

我会带上我的 30-30[6] 出发

不问前程！

---

4 天文学上，黄道面上的十二个星座。
5 此处"灵魂"一词的西班牙原文为 Anímula，源自《罗马帝王纪》中的诗句 Anímula vagula blandula。
6 指 .30-30 温彻斯特中心式火力步枪。

宽宏大量的雄鸡

或许你在思考："不会为我留下"

雄鸡，你如此阳刚

曾想踏在女子们的身上

以免……，围着她们转！

身为雄鸡你感到骄傲

你是种鸡，花花公子

你把鸡舍变成了欢淫之地

和所罗门[1]毫无差别……

你大胆的鸣叫

如"雅歌"[2]，盖过优雅的低吟

1　古代以色列王国的第三任国王，他被视为古代以色列最伟大的国王，但晚年奢靡无度，沉湎女色。
2　旧约圣经诗歌智慧书的第五卷，字面意为"歌中之歌"。

你抖动蓬松的蓝色羽毛

似鹰隼一般飞翔

双脚最终停落在

书拉密女[3]的背上！

很明显你已暂时忍受

男人们拥有妻妾，

让他们太太平平，

只要给你的母鸡不断……

头顶冠毛，

臀部肥大，

母鸡像个法国中年女人

得意扬扬……

---

3 《雅歌》中一位美丽的乡村女子。

那只丑陋的长腿小母鸡

在吉他的配乐声中叫喊，

让人联想到一位

心碎的同龄姑娘……

内心的激动染红了你的肉冠

你的瞳孔火红如晨曦，

可怜的孤独歌手

好像雄鹰的复刻品！

你啄着金币会吸引住它，

百年的古老金币，

面对如此响亮的对鸣

孵蛋的母鸡只能沉默。

在你对它扑腾翅膀围它转

将它绕晕之后，

它已是你双翅怀里的囚徒

你会像丘比特与勒达[4]那样微笑！

你将抖动孔雀翎般的羽毛

高声喔喔地叫一声

对受辱的女子无比冷漠

就像在说："这里

什么也没有发生过！"

你将高傲地竖起闪光的尾巴

筑成一座胜利拱门

黄昏宁静

夕阳西下……

---

4 希腊神话中，勒达是斯巴达王后。

哈瓦那雄鸡

清晨的鸡舍

马儿仍在沉睡，

哈瓦那雄鸡

不停地围着母鸡

转出阿拉伯式的花纹。

雄鸡的绒毛如白色斗篷

掩盖了它野蛮的姿势，

它的鸡冠通红如土耳其帽[1]

它的鸡爪锋利如大刀，

这只雄鸡是个小土耳其国王！

1　土耳其人穿戴的红色无沿毡帽。

它依着母鸡献殷勤，

突然白色的身影

定格在庄严肃穆之中，

就像一只风信鸡

也像国际象棋中的骑士……

雄鸡直起脖子向后望去，

全身热血沸腾，

在晨光熹微的园中

一声尖利的喔喔叫

撕开了晨雾！

斗鸡

雄鸡如勇士带着封建的专横

总是一身傲气随时准备战斗

它身形如纹章，

鸡冠、颈羽和尾羽围成盾环垂饰……

女歌手乔莱 [1]

女歌手乔莱

有点斗鸡的特点

她夸张傲慢，

她目中带火，

她披肩闪烁，

她胸如堤坝，

她踏步坚实……

白衬衣，黑西装，

模糊不清，像是羽毛

黄棕花色围绕胸前：颈羽

为爱献殷勤时

---

1 即西班牙语名索莱达的昵称。

打开靓丽的羽毛

美男子的欲望弄散了长发

如同镰刀的利刃……

风骚女子索莱达

她明亮的眼睛到处暗示：

我为所有人打开颈羽！

她轻蔑地看所有人；

她的高跟鞋

还有耳坠的反光向众人表明：

浪荡女子的敲打！我谁都不怕

我遮了一层又一层……来吧朋友们，

这里有四雷阿尔 [2] 的比索 [3]！

多少年轻诗人

---

2 拉美一种币值。
3 拉美一个币种。

藏着狂野的冲动，

渴望你成为他们的爱人，

啊，斗鸡场上的歌手！

他们渴望为你脖颈的垂肉

用哲思做的染料重新上色，

他们渴望把自己的海盗船

停在你充满歌声的嗓子里，

响亮婉转好似你的比韦拉琴[4]，

旋律的高潮是一声抽泣

阳光碎成细小的薄片，

木兰的枝叶落尽，树间

美人鱼在月光下沐浴……

他们渴望与你放纵地融为一体

4　一种六弦弹拨乐器。

为了生活从一个集市走向另一个

　　夜晚的烟火

雄鸡、公牛，还有白天的吹嘘……

　　日子断断续续

　　穿插着火红的酱汁[5]

　　还有沁香的普尔科酒[6]。

　　马臀上将会飘扬着

你的遮面布和萨拉佩斗篷[7]

　　随着生命疾驰的步伐

　　　一起跃动向前！

5　西班牙语 mole，墨西哥本土烧肉用的辣酱汁。
6　最原始的龙舌兰酒，酒精含量在 7% 左右。
7　墨西哥男性穿戴的毛毯状斗篷。

挑战

雄鸡高歌

下了一张尖锐的挑战书

在马的嘶鸣声中

展现它徒有其表的潇洒……

男子张大鼻孔

一阵女子的体香

透过丝制披肩

渗透进温润的空气中……

羊皮马鞍的狂野气味

让女子产生肉欲的震颤

来回摆动的胸脯

加速了颤抖的频率……

集市

广场日 [1]，

工作的日子，但很快乐……

昨天起，印第安人

走下蓝色的山脉

来到深凹的谷地……

街道上满是

巡游的人……

尘土飞扬的道路

好似古老的抄本，

踏满了朝圣者的脚印……

集市……从古老的修道院

---

1 墨西哥的大型集市日。

到议会剧场

阳光下，

跃动的马赛克……

印第安人很高兴

赤陶色的面孔上

流露着满意的微笑

那是粮食女神的笑容。

广场上的欢乐色彩丰富，

鱼翅瓜 [2] 色如碧玉

南瓜花好似朱砂

佛手瓜的根洁白如石膏……

各种颜色！为了让

2　葫芦科南瓜属的一种植物。

画家的眼睛感到幸福⋯⋯

从黑夜

到白日⋯⋯玉米黑粉菌 [3] 似沥青

慷慨的玉米金黄!

金色的篮子

装满绿色的宝石。

复调⋯⋯

小嘲鸫 [4] 轻快的旋律;

猪在拱地;马在刨地

雄鸡的歌声是主调

从一家传到另一家,

直到龙舌兰酒店!

---

3 长在玉米果实上的一种可食用菌。
4 学名 *Mimus polyglottos*,一种分布于中北美洲及加勒比海地区的小型鸟,善于模仿其他鸟类的叫声。

砖砌的房屋，

用了陶瓷工人的土，

用了瓜达拉哈拉 [5] 的瓷，

还有燕子的巢穴。

火鸡，荒唐暴躁

不合时宜的大笑

满是羽毛！

风带来一阵燃香的味道

如口气一般久久不散……

是昨天呵出的气，

是东正教圣像和古老偶像

呵出的气。

5　墨西哥哈利斯科州首府。

风吹在禁欲的印第安人

模糊的脸上

古老神明

或恐怖或英勇的面具

在闪烁……

正午的阳光下，

翡翠绿与胭脂红之间

一个迷失的鬼魂在行走，

像一只蚂蚁在米却肯托盘[6]上

找不到出口……

6　墨西哥米却肯州传统工艺。托盘内花色丰富，图形多样，颜色艳丽。

小酒馆

欢乐，杏仁凉茶罐

和鼠尾草籽饮料杯的欢乐！

黄金鸡胸肉，

绿色生菜的欢乐！

果味龙舌兰的欢乐

绿色的汁液带有杏仁味

染上了仙人掌果的紫红……

这酒有花朵的香味，

饮尽它的人

将充满爱国情怀

感受到喝下了三色国旗，

鹰、仙人掌

还有蛇……

辣肉卷饼的欢乐！

盛放在中国的蓝白色

瓷盘中。

酸汁鱼的欢乐！

坎佩切和普埃布拉[1]的混血女子

还有乔尔人[2]煮的烧肉酱汁的美味！

多汁肉酱的欢乐

绿色的、褐色的、红色的。

金色珍珠一般

幸福的芝麻粒掉落

在汁水中闪烁

星云在深邃的苍穹之中……

1　即墨西哥坎佩切州和普埃布拉州。
2　古代玛雅人的一个分支。

金与红的色调

好似玳瑁壳，

啊，至上的佳肴，

你让印第安国王

还有西班牙总督

臣服于你的调味！

核桃酱辣椒[3]的欢乐！

石榴吐出一颗颗

耀眼的红宝石和石榴石[4]！

糖果条，

修道院赠予总督的礼物

彩色糖豆像根小拇指

---

3 被誉为墨西哥国菜。绿色的辣椒、白色的核桃酱和红色的石榴籽正好对应墨西哥国旗上的三种颜色。

4 上地幔主要造岩矿物之一，因其晶体与石榴籽的形状、颜色十分相似，故名"石榴石"。

卷成了一曲《羔羊颂》⁵……

珊瑚糖和象牙糖

糖蛋、杏仁饼，还有奶油夹心饼

像白蜡

加了

蜂蜜

来自修女的养蜂场……

塞拉亚⁶的焦糖羊奶

刮得一点不剩

尝起来有树脂的香气和童年的味道。

椰丝球的欢乐！

缀满

葡萄干、杏仁干和松子

在火上烤得金黄！

5 天主教会的弥撒祷词。
6 位于墨西哥瓜纳华托市。

轮盘

啊，轮盘独一无二的活力

圆球飞转成倍增加

变成了一串希望的念珠！

一口井的井栏

向井水深处

探出一张张面孔

窥视隐藏的宝藏……

赌徒们说："的确，

这里就和鬼屋一样

一些人寻得黄金

另一些人觅到死亡……"

集市上的一个小摊

蜂巢在阳光中融化

滴在原始的木头上

点叶菊[1]和野苋杂糅的香味

琥珀与黄金做的托盘！

1　点叶菊属植物，原产于美洲。

另一个轮盘

好似已经撒下

金币

在一口井的深处

好似春天来到，

赌徒们向轮盘探着头。

另一个"小摊"

马口铁[1]做的笼子里一只大鹦鹉

不停地重复："脚放这儿！"

鹦鹉"幼儿园"里

立马传来儿童的叫声……

1　即两面镀锡的铁皮。

一首歌

你喜欢金发女子……？

阳光下

我的栗色卷发

变得金黄……

感受到你

最热情的吻时

五月

蓝宝石般的天空下，

我出神的双眼

变得蔚蓝！

集市中的一位诗人

我没有妄言

想成为世界级，

连美洲级也没有，

做一位墨西哥诗人就好……

就像

民谣歌手

在比韦拉琴声

和彩色剪纸中高歌。

在祖国不同时期

沉寂的时候发声

艺术的冲动、战争的功绩，

全新的灵魂和原始的崇拜。

迷失在残忍行为中的爱情

调解其中的矛盾

就像蜜蜂从最鲜红的花朵

采来蜡与蜜……

灵魂、光线和星星，

在同一片大地上

闪烁

鼓舞了着魔的潘乔·比利亚 [1]

还有大天使洛佩斯·贝拉尔德 [2]……

痛苦与伟大胜利

交替萌发；

兀鹫和最自由的绿咬鹃 [3]

1　墨西哥革命时期北方农民起义军领袖。
2　墨西哥现代主义诗人，在墨西哥国内有较大的影响力，拥有"国家诗人"的称号。
3　此处兀鹫和绿咬鹃可能分别指代阿兹特克神话中的"烟镜"神和"羽蛇"神，这两个神主导了世界的灭亡与重塑。

相互矛盾；

狼、天使和半人半马兽

同一个群体中的兄弟，

战神[4]复活

对抗正义的律法……

阿赫里曼与奥尔穆兹德[5]

一瞬间的斗争；

最后无法胜利地看到

光明与真理的痛苦磨难！

············

············

4　指阿兹特克神话中的维茨伊洛波奇特里（Huitzilopochtli），也被视为太阳神，是阿兹特克民族的主神。
5　琐罗亚斯德教中分别代表恶与善的神。

就这样哀叹归宿

离一家龙舌兰酒店不远处

一位诗人曾来到"集市"

抽着纽约的烟

这令他的思念变得悲伤!

集市俳谐

○ 缩影　○ 蝗虫
○ 蛇
　○ 麻雀

缩影

上有蜜蜂飞；

下有蚂蚁穴：

步兵军营。

蝗虫

门廊，温暖的村镇
蝗虫振翅飞舞：
扇与木铃。

蛇

一条晒背的蛇

揣测我的神智观

没有逃离，信任我……？

麻雀

慌乱飞翔的麻雀

两支鹿角

为它假装成灌木枝……？

穆拉托[1]女子之歌

那些"晚上看得清楚的"人，

来吧！

这儿有蜡烛！

我的身体是热带吊床

摆来摆去如丹松舞[2]步；

我的双唇甜若枇杷蜜；

我的躯体是夜晚的花园；

我的胸脯是两个山番荔枝；

我的眼睛是一对萤火虫……！

那些"嚼橡胶的"人，来吧，

---

1 指黑白混血人。
2 源自古巴的一种舞蹈。

这儿有蜡烛!

所罗门深爱的肉桂,

来自示巴女王 [3];

来吧;让内心燃烧起来

这儿有蜡烛!

---

3 在希伯来圣经记载中,是一位统治非洲东部示巴王国的女王,与所罗门王生活在相同年代。

马戏团的巨幅广告

从早，到晚

大鼓不停地打鼾

声音融进了松木的气味……

墨西哥节日中的主音！

大鼓声音洪亮

在马戏团门口

回荡着鼓声……

一阵号响

引来了成群的孩子

还有一份份佳肴

在跳向西方的死亡一跃中

小丑的面孔在夕阳中闪耀！

小丑的诗文

小丑身着肉色衬裙

那是普埃布拉姑娘 [1] 的服装

把民族主义变成了斗小牛 [2]

神圣女子德万娜 [3]

拥有挺拔的双乳

把她变成了唐·坦科雷多 [4]！

（金币在她黝黑微颤的胸脯上

跳动。）

---

1 即著名的 China poblana，字面意为"普埃布拉中国姑娘"。19 世纪墨西哥人普遍会用 chino（中国人）指代来自亚洲的人。据考证，普埃布拉中国姑娘实为来自印度的一位贵族女子。
2 一种斗牛形式，以牛犊作为对抗的对象。
3 萨波德卡文明中的一位女英雄。
4 一种斗牛技法，斗牛士站在石台上，身着白色的漫画人物服饰，屏息不动，让斗牛误以为是石桩。

斗牛场铺的是瓷砖

没错！

围栏里的萨尔提略披肩[5]

在阳光持久照射下失去了光泽。

一队骑手

用瓜达拉哈拉泥塑成

略显雌雄同体……

本土白人女子披散的头发里

衬了发巾，压着发梳

极力贴近西班牙女子的装束……

印第安人侧过的双眼闪烁着光芒

大小手鼓齐声呐喊：

5　墨西哥科阿韦拉州首府萨尔提略市特色服饰。

夸乌特莫克[6]万岁，佩拉约[7]万岁！

…………

…………

"沉睡女子"火山[8]上

巨大僵硬的坟墓

香水草色[9]的眼睛追随着天体

太阳在金色的盾牌后面

射出阳光之箭

在宁静的傍晚

带着最温柔的沉醉

为火山盖上金色与红色的花朵！

---

6 阿兹特克王国末代统治者。
7 西班牙阿斯图里亚斯王国第一位国王，他成功阻止摩尔人向北扩张并展开了著名的复国运动。
8 即 Iztaccihuatl（伊斯达克斯伊瓦特）火山，位于墨西哥普埃布拉州。依据神话传说，这座火山是一位美丽女子去世后的化身。
9 天芥菜属植物，开紫色小花。

马戏俳谐

海狸岛 [1]：

"兔子"罗宾逊。

1　在墨西哥，海狸会被作为马戏团中的动物进行表演。

门廊里的神像

一块太阳石[1]

在早晨的天空

在最高处探出身子

宽大的玄武岩脸庞

在黑曜石池塘边

它的嘴好像吐出

一道人血

还有象征死亡的万寿菊……

巨大的研磨石

专磨太阳的麦子

在永恒的磨坊

1　即著名的阿兹特克历法石。

制作白日的面包。

时间之石，

年与日的融合

在无声的歌里

透着古老神话

永恒的恐怖……

太阳石上装饰的预言性月份

串起了花岗岩般苍白的月光

就像神坛骷髅架[2]上

一个个空心的头颅。

在这块历法石碑周围

围绕着斗士一般

———————————

2　阿兹特克人会将战俘头颅作为祭品串在一起放在架子上。

神秘的月份

在战歌与荣耀

呼声间

就像围着一位国王……

在历法的最后五天

"补空日"³ 后……五个

假面符号

戴着龙舌兰叶……

一些日子的夜晚

月光融化如浑浊的玉石；

白天太阳的金光

照出了斑驳的阴影

如同美洲豹皮

---

3 根据阿兹特克太阳历，一年 18 个月，每月 20 天，总计 360 天，再加上 5 个"补空日"合成完整的 365 天历法。

也像向日葵……

另一些日子富饶悦耳

就像在热带，美洲豹一吼

鹦鹉成群飞起

森林也好像飞了起来！

金刚鹦鹉如闪电

划过天空：喊叫声与旗帜

回响与反光

好像来自战神之地。

天空明亮

绿咬鹃的尾羽

上升旋转犹如烟花

好似群星坠落

万花飞舞

就像母绿矿石

喷涌而出

犹如柳条花环

披散开来……

大水蚺滑动向前

如河流

弯弯曲曲

深不可测令人生畏

它巨大的身躯灰暗冰冷,

镶嵌了花朵与

星辰

排列出对称的几何图形。

有时下午成群的野牛

洪水般

挤满平原

隆起的高背如山

也像风暴来临时海上的大浪。

踏过的土地破败不堪

吱吱作响，

貘[4]引发大地的震动

进入森林深处……

狨猴在高耸的竹子上吼叫；

蜥蜴变换着它的彩虹光泽

犰狳躲在自己的甲片中

逃过一劫。

蜷缩成一个球形，

犰狳

4　分布在墨西哥东南部的品种为中美洲貘，是美洲大陆四大貘中体型最大的。

在山上日夜滚动

安然无恙地来到山谷！

紧追犰狳的鹰

在蓝天中挥动翅膀

以为它死了……

不一会它又出现在阳光下

像个来自沙漠的隐居圣人！

犰狳骗过了鹰的利爪，

但在一位来自南方乐土

萨帕塔民族解放军[5]

充满爱国情怀的手下，

最终变成了吉他，

门廊里的神像脚边，

---

5 墨西哥南部的武装组织，主要由当地玛雅土著构成。

犰狳唱着歌！

好时光……好时光……！

迷人的光球滚动

先沿着地平线

再到大山

巅峰……

庄园的栅门前

上工曲 [1] 多么悲伤……

沧桑无助的喊叫

没人搭理你！

森林狼拖长了嗓音

饥饿点亮了它们的眼睛，

1　在墨西哥的一些庄园里，工人们上工及收工时唱的歌曲。

大腹便便的农场主

没看见它们恼怒的口中

露出尖利的牙齿？

池塘，一个小湖泊里

黏糊糊的蝾螈在翻滚

未等月亮升起

鸮就飞了出来预示着不幸。

平原中间

有一块石头

慢慢地变成巫师

德斯卡特里波卡[2]的样子。

它的影子

伸手，抓取月亮

---

2 阿兹特克神话中的一位主神。

那苍白的"冒烟镜子"[3]

没看见的人定是瞎子……!

月亮在沼湖上

用银白粉末写下:

人类的公平正义;

一具尸体手中紧握

重要的玉米……

废弃的礼拜堂

破裂的大钟敲响

唤醒了"哭泣女"[4]

她绝望的哀号

还未踏出大门……

3　纳瓦特语 Tezcatlipoca[德斯卡特里波卡]的字面意思即为"冒烟的镜子"。
4　墨西哥民间传说中的女鬼。

凄凄惨惨

柳树

把自己泛着金光的枝条

分成一根根硫磺做的灯芯……

永远没有黎明了……？

洞穴中的森林狼

向着虚假的光影嗥叫

但金黄的神没有出现。

一群鸟的阴影压在灵魂上

它们在黑暗中穿行大叫：

好时光[5]……好时光……！

5　原文为Yecán，西班牙语中本无该词，是作者创造的象声词，但依照语境和作者的写作背景，
或为双关语，对应纳瓦特语Yeccan，即"好地方、好时光"的意思。

兀鹫

当在大神庙[1]

进行祭祀

兀鹫的翅膀

会遮蔽阳光……

船夫在船上

不会向高处看

如果浅蓝色的湖水

突然变得昏暗。

胆小的平民

面对兀鹫的预兆

---

1 阿兹特克文明王城的主神殿,古代阿兹特克人在此处进行重要的政治及宗教活动。

看着火石刀锋下

鲜血涌出。

森林狼羡慕不已

成群的兀鹫

从群山之上

飞落德诺奇蒂特兰城[2]……

好似栖息架上的鹰隼

兀鹫站在骷髅架上

给骷髅增添了装饰

好像军盔上的黑羽，

它们会

随着猛烈的鼓声

2　阿兹特克文明的王城，位于当今的墨西哥城。

号角声

跳跃……!

集市│墨西哥诗文

蟾蜍的寓言故事

诗人像蟾蜍

在脑袋里藏了个蟾脑石。

蟾蜍应该用钻石点缀全身

倒挂的木曼陀罗[1] 将望见它

同燕子一起

在月光中与流星

这一高尚的旅行者融为一体

一团泥似的蟾蜍

终会回到天上……

印第安人崇拜的黑皮肤基督

在彩纸做的花朵

1　原产于安第斯山脉，花朵倒挂。

香的烟气和飞舞的黄金之间

举起大蒜；

或许所有人会和他一同飞翔。

谦卑的蟾蜍

举起染血的圣像

还有被罪孽

侵蚀的忏悔室……

残疾的蟾蜍四肢不灵活

拥有天生巫师的名气

过度运动已经弹跳无力。

雌蟾的弟弟

刚刚成年无比谦卑

为自己挖了间棺木似的屋子

它穿着粗糙的棕色袍子

穴居人的镜子；

灰色的园丁完美无瑕

就像圣方济各亚西西[2]

偏爱小花朵……

蟾蜍是卡西莫多

从万恶中拯救爱丝梅拉达[3]，

就像从贪食的毛虫或蜗牛嘴下拯救玫瑰；

蟾蜍是灰姑娘的侍从

忧郁的王子

在早晨的树林里

用露珠

为她做了双水晶鞋……

只有蝙蝠

比蟾蜍更加灰暗

2　方济各会创办者，著名的苦行僧。
3　文学作品《巴黎圣母院》中的女主角。

它用翅膀——丝制的吊床

在星星上荡着秋千

或者画着圆圈；而蟾蜍

只能鼓成一个气囊。

我多愁善感的情绪

伤害了蟾蜍

它跳着

远离一切邪恶

走向邻近的学校……

走向儿童宗教法庭

可能的宗教审判！

可怜的蟾蜍！本来就想

要一个泥穴埋入身子，

靠这个小洞来躲避自救……

但是很快

土地对其寄存物不满，

背叛了蟾蜍的纯朴

像对待弃婴一样

把它扔向大街！

红嘴树鸭

身着浅棕色袍子

来自韦拉克鲁斯[1]的鸭子

像两个修士兄弟

站在高柱上的苦行僧,

想念湖泊和沼泽……

它们单脚站立

红色的鸭嘴

藏在黑色与咖啡色的翅膀下,

转过脖子

像一个水烟袋,

它们任凄凉的黑夜

---

1 即墨西哥韦拉克鲁斯州,东临墨西哥湾。

还有春日流逝，

一个个都在沉思，

各自摆着对称的姿势

一动不动，好似装饰品……

晚上它们凭直觉守夜；

听见树叶间不寻常的声音，

便会开始大叫

敏捷的哨兵

就像罗马神殿里的鹅。

但是树鸭轻视

这项家务活——看门，

没有什么事物让它们快乐

即便他们眨动的眼睛

能分辨出周围的一切……

湖上乌龟灰绿色的身影

在两条波纹间游过；

柳条轻轻飘动；

大蒜芥 [2] 上

一条毛虫蜷起身向后退……

电灯透过雾气

在果园中

照出奇幻的月色，

面对雪一般的洁白

所有花朵好似白纸做成……

可怜的树鸭守卫

观察一切，感受一切……

群星闪烁的光辉，

泥中蟾蜍的鸣叫，

2　十字花科大蒜芥属植物，主要分布于北温带，开黄色花。

还有候鸟飞翔的姿态。

此时，如果傍晚的天空

变成灰色，

空中缓慢划过鸟群，

树鸭继续凝神，

自由快乐地飞翔！

两只树鸭齐声低语

轻柔地，带着悲伤，

它们只能站立休息，

聊着深邃明亮的天空里

怀旧的往昔……

无果的生活

落空的幻想

树鸭挥动不完美的翅膀，

无用受伤的翅膀，

再也飞不了的翅膀！

鹦鹉三联画

情感的三联画

一

鹦鹉

和我祖母的鹦鹉一样

夸张的嗓音来自厨房

来自走廊，来自天井。

太阳照得不亮堂

鹦鹉放声大叫

它的歌声刺耳

麻雀受了惊吓

它们只唱《小约瑟夫》……

易怒的鹦鹉朝着厨娘

从嗓子深处发出嘲笑

顺便对放玉米面的罐子

大呼小叫。

当鹦鹉从砖地上走过

两脚交叠踏步，

黑猫蜷作一团，

琥珀色的眼睛盯着它看

怀疑它是致命的硫磺，

是黄绿色的梦魇

是惊醒自己瞌睡的噩梦！

但是在这只

1922 年

超级鹦鹉的嗓音里

有文明的宝藏！

它模仿飞机的轰鸣

还有汽车喇叭的声音……

它还想用自己的怪叫

压过留声机的音乐……

厨房像个简易的剧院，

从房梁到地板射满金光

一束阳光缓缓照亮每个角落

聚焦在鹦鹉身上，给了它光环……

可有时，当褐背孤鸫[1]

唱出一曲春日森林之歌，

话痨鹦鹉突然静下来

侧过眼睛出神地望着，

---

1 学名 *Myadestes occidentalis*，分布在墨西哥及中美洲的一种鸫，叫声婉转动听。

流露出的忧郁

与它的绿羽不相配……

或许鹦鹉想起了广袤的雨林

还有山谷里阴暗的森林！

与厨娘休战期间

它不再粗话连篇，

它变得阴沉，充满野性……

鹦鹉就是繁茂树叶中的小枝杈

额头上略微带了一点阳光！

二

鹦鹉葬礼悼词

皇室小鹦鹉去世了

它属于西班牙和葡萄牙……！

昨晚，鹦鹉从走廊落入院子

关在马口铁做的笼子里

掉落的过程中，它带着翻滚的恶心

在黑暗中大叫："脚放这儿！ [2]"

没人救他！

一声轰响

邻居们透过窗户张望，

女人们罩着长袍，孩子和老妇人，

齐声说道：

"是 302 的小鹦鹉……！"

2　原文为 Daca la pata，是西班牙语模仿鹦鹉叫声的表达，诗人不一定传达其字面意义。

"要是脸着地就必死无疑。"

（人们说

鹦鹉的嘴受伤后

肯定回天乏术……）

这些没良心的话

是鹦鹉最后的悼亡经

应该作为墓志铭

用金字刻在祖母绿上！

"此处传递了 [3] ……！"我徒劳地等待

复活的鹦鹉大叫一声："我下来了！"

没人继续关注这一不幸的场景

3　原文为拉丁语 Sic transit。这句话的完整表达为 Sic transit gloria mundi（因此传递了世俗的荣耀），曾经用于教皇加冕礼。

车喇叭的声音再次响起……

或许在黑暗中风卷起一根绿羽毛

和树叶混在一起变得无影无踪

黑暗中鹦鹉死了

不祥的黑暗

野猫在装哭，

绝望的哭泣，哭丧妇的哭泣……

三

通神冥想

神智学告诉我

我曾是月亮上的鹦鹉……

曾经那个无知笨拙的灵魂

就是我今日的灵魂。

关于月亮和鹦鹉祖先的记忆

在我心中还未消散

两者如绿色的玉石

在蛋白石和水晶的球面内浮动……

或许在亡灵世界的门楣上，

一群吵闹的墨西哥鹦鹉等着我；

在星球的表面它们向我的灵魂

表示欢迎……，鹦鹉们拔高嗓音

打开翅膀摆成棕榈叶的曲线，

将会像上帝的天使一般歌唱！

小鱼肥皂

肥皂是普埃布拉重要的商品，

肥皂从该地发往新西班牙大多数城市。

这些肥皂被做成鸟、鱼、兽、水果等形状。

——《在墨西哥的六个月》，威廉·布洛克[1]，伦敦，1824

彩色的鱼

金色的鱼；

无缘无故，

立马让人想起

小鱼形状的肥皂……

模糊的记忆里，

1　英国著名旅行家、收藏家。

啊鱼儿，你的身影再现

我望着你浮在

普埃布拉的天使水池上！

飞翔的鱼儿

在幽静的花园中

我童年感到惊异的地方

里面的幼儿园曾经就是世界……

小鱼肥皂

会飞的黄金小鱼，

我一心认为

一切都是花朵……

我的姐妹们是花朵：

玛丽亚是茉莉花，露丝是紫茉莉

在如此美丽的颜色之间

欢乐跃动

我的母亲是法国蔷薇！

下雨的午后不用上学

一条游动的鱼

在幽深的花园之上

奇幻的玻璃鱼缸纷纷落下……

神奇的鱼

属于我的童年

你曾非常有用，家中条件有限

把你当作玩具；

你在木盆中

完成清洁的使命

因悲惨的命运死去

就像水中的鱼……

你溶化在自己的元素中

溶化在清洁的融合体中；

要是能像这样融入

自己的梦想该多好！

《小鱼肥皂》的故事

就此结束……

安东尼卡

安东尼卡，你要是

和我想象的一样该多好！

我的灵魂如孩童般纯洁

枯燥的算数知识下

藏着仙女故事的光辉

我已经把其中最美的一切

献给你的灵魂

安东尼卡，

1890 年的卖身女……

从你家对门的公园

夕阳下我望着你

面色苍白，但不一会儿

为了夜生活你变得光鲜亮丽……

你的发丝间

金币在闪烁

你紫色的双眸里

酒精的蓝色火焰快速摆动。

如今，我已把你视作

同波斯公主一样的亡灵，

因为你性感、纤瘦，还有一头金发

也像画中的圣母玛利亚 [1]。

你的情人中没人比那个男孩

更加爱你。

将军比不上，银行老板比不上

---

1 意大利文艺复兴时期艺术家拉斐尔的画作。

斗牛士

贝纳尔多·加维尼奥[2]也比不上!

那个孩子已是诗人

把你的双眸

比作远方的星星,

和紫色的香堇菜[3],

他昏迷时,当你经过,

他会不明原因地颤抖,

面对你强烈的女性魅力

不知所措。

他望着你远去,在你的脊背

插上自己守护天使[4]的翅膀……

---

2 19 世纪初著名斗牛士,出生于西班牙,后来到墨西哥。
3 堇菜属植物,花朵紫色。同属植物有三色堇。
4 天主教中保护特定人物或群体的天使。

致圣贝尼托 [1] 的祷告词

可怜的圣人贝尼托

因为肤色黝黑长得帅气

被女人吞噬了！

此后尼采说过：

"没有比落入放荡女子怀抱

更糟糕的事了！"

可怜的圣人贝尼托

多少个金苹果

裹着灰烬，

让你的嘴巴和生活尝到苦头！

1　即中世纪意大利天主教隐修士圣本尼狄克，本笃会的会祖。

《传道书》中的女人 [2]

亲吻了他一次又一次……

他认识了这个邪恶的女人，

长着章鱼的手臂和吸盘。

狡诈的女人把他困在自己的树下，

她黑眼窝上长出的新枝

像麻风病一般在他身上蔓延

直到他的肉体变得完全漆黑……

所以那些卖身的女子，

看到心爱的美男子兴奋不已，

她们会祈祷："圣贝尼托，圣贝尼托，

要么把情人带给我，要么就和我上床！"

2　即旧约圣经诗歌智慧书的第四卷。书中第七章第二十六节说到"我得知有等妇人，比死还苦，她的心是罗网，手是锁链。凡蒙神喜悦的任，必能躲避她。有罪的人，却被她缠住了。"

哈……！哈……！哈……！哈……！

示巴女王—赤身裸体像歌蒂娃夫人[1]—被精准地描画—

好似儿童水彩画中的人物—漫步的女骑手—

骑在纸牌中的马上—擅长用双关语—

朝拉戈斯[2]大集市的雄鸡走去——（朱砂之湖—

野鸭划过水面草鹭在湖上行走—真正的天堂）—

布满烟花的夜空—五颜六色—银色黄道带[3]之间果树的花朵—

在漆黑的夜空中

傍晚天际的光辉

萨尔提略披肩特有的光辉！

啊，半球

---

1 盎格鲁-萨克逊贵族妇女，传说她为了争取减免丈夫麦西亚伯爵利奥弗里克强加于市民们的重税，裸体在考文垂的大街骑马游街。
2 即拉戈斯德莫雷诺市，位于墨西哥哈利斯科州。拉戈斯源自西班牙语 Lagos，指该市历史上几个湖泊。
3 天文学名词，指在黄道上的星座组成的环带。

造型的乐趣和天真的神秘

中国帆船[4]

漂浮在大木桶里

周六水疗的专用容器；

我童年的宝贝

我的脑袋

如同土耳其毡帽

把你带去奇幻的未来主义[5]舞会；

多彩的聚会

和这个

脑袋

并列

和你的动物一起

它们拥有天使般的眼睛

你的蓝色小鹿

4　即马尼拉大帆船。
5　发端于 20 世纪初的艺术流派，最早出现在意大利。该流派在创作内容上追求对科技文明的表现。

还有果树的花朵！

万花筒—复刻了我祖母的画像—

我童年的双眼—透过烛台的菱形玻璃坠—

隐约看见……

啊，巨大的木桶

装满了墨西哥葡萄酒，

让白发长满我的头

把我来自北方的忧愁

彻底解溶

在达达[6]的冲动

哦，啦，啦！

哈，哈，哈！

---

6 指达达主义，兴起于第一次世界大战时期的的文艺运动。

果壳碗 [7] 来自奥里那拉 [8]！

---

7 用加拉巴木果的果壳做成的碗，可以作为饮料容器，也可以用作装饰物。
8 即墨西哥格雷罗州奥里那拉市。该地区有同名漆器工艺。这句诗中的果壳碗就是指奥里那拉果壳漆器。

曾经致洛佩斯·贝拉尔德的誓言

献
 德

洛佩斯

贝
拉
尔
德

墨西哥

1921 年

愿逝者安息

一

我以这幅宗教画来纪念您：

一只萤火虫带我们走到马厩

您的灵感——蜡制的圣子耶稣 [1]

在诞生地的驴和牛边上等待贡品，

愿他用气息

给您东方三王 [2] 和牧羊人的谦卑和力量

君王和牧童的礼物上印着诗文

装点了圣子耶稣的摇篮：

珠宝、花朵、黄金、象牙、没药 [3]，

阳光做的蜂房和月光做的魔法珍珠！

1　即婴儿耶稣。
2　也称东方三博士，出现在许多与圣诞节有关的画像里。一般会与耶稣父母、牧羊人以及马厩中的动物一同出现。在墨西哥，东方三圣取代了圣诞老人的角色，给孩子分发礼物。
3　指没药树的树脂，是一种芳香剂及防腐剂，东方三圣带给婴儿耶稣的礼物之一。

二

宗教画上的故事："从未见过

有如此坚定基督徒品性的诗人。

三十三岁英年早逝

带着圣洁的诗性离去。"

"这位田园诗乡野诗人爱唱圣诞民歌，

生活中的一切都围绕音乐与甜蜜，

最终他变成了天使，在路西法[4]之上，

唇齿间说着黄金诗句……，飞翔！"

"美与善赋予了他一对翅膀，

就这样世世代代活下去吧！阿门。"

4 　指恶魔、堕落天使。

结语

徒劳地一心追寻集市为了什么……？

生活的集市已经结束，

古老的方济各会修道院里

夕阳一束火红的光

邀我内心安详进入学习……

广场空无一人

踏着沙沙作响干硬的落叶离去

多么悲伤

生活的集市已经结束！

我走向教堂的大门

推开时听见铁条的嘎吱声……

教堂里没有教士

只有耶稣用星辰

还有嫩叶间的花朵

向我问好……!

生活的集市已经结束!

译后记

画家

塔布拉达的妻子尼娜·卡布雷拉在其传记《内心深处的何塞·胡安·塔布拉达》中写道：他五六岁时，在亲戚家里看到一本书，乳黄色的纸页上满是颜色鲜艳的插画。一幅画上有海鸟，无垠的海洋在天际染得火红，近处的海滩上，海星、海螺、贝壳……星星点点。塔布拉达从此把这本书占为己有，谁要夺走，他就会大哭不止。

塔布拉达在回忆录《生活的集市》中写道：我刚进小学那会儿，常常去潘乔叔叔家。他收藏了很多老玩意儿和艺术品。他是个画家，最擅长画鸟，从他那里我了解了世界上的主流画派，他是我绘画和造型艺术的启蒙老师。

　　1900 年，塔布拉达在美国旧金山创作了一幅水彩画：金门公园日本茶园。他的绘画作品不少，却从未参展，迭戈·里维拉[1]、何塞·克莱门特·奥罗斯科[2]、米盖尔·科瓦鲁比亚斯[3]等画家都是他的好友。

诗人

　　回忆录《生活的集市》中，诗人讲述了自己的"诗缘"。

1　墨西哥国宝级画家，弗里达·卡罗的丈夫，擅长壁画。
2　墨西哥讽刺画画家，擅长壁画，与迭戈·里维拉等人一同发起了墨西哥壁画运动。
3　墨西哥漫画家、插画家、人类学家、艺术史学家。

塔布拉达一家人曾在索阿帕尤卡庄园 4 住过一段时间。一天晚上，家中的大人举办了"文学之夜"，所有人整晚地讨论散文、诗歌和朗诵，还是孩子的塔布拉达听着大家的谈话，深受吸引，从自己的卧室跑了出来。此后，尼采的《快乐的科学》，还有埃斯普龙赛达 5 和索里利亚 6 的诗句一直在他脑海中回响。

图像的秩序与协调也可以成为声音与意象的和谐之韵，这是绘画到写诗的自然过渡。成年后，塔布拉达开始诗歌创作。

19 世纪末 20 世纪初，现代主义文学在尼加拉瓜诗人鲁文·达里奥、阿根廷诗人卢贡内斯和墨西哥诗人洛佩斯·贝拉尔德等作家的推动下，在拉美成为一支主流文学流派，影响了这一时期的许多作家。拉美现代主义文学的一大特点在于对法国同期的"纯诗"和东方主义（或者说异域风格）的推崇，所以这一时期的许多诗人都会向法国文学看齐，一些诗人也尝试使用中国及日本传统诗文中的意象，塔布拉达也不例外。在阅读了法国作家朱迪·戈蒂埃（Judith

---

4　位于墨西哥州东北部。
5　西班牙浪漫主义诗人。
6　乌拉圭诗人。

Gautier）的中国诗选《玉石之书》和英国汉学家翟理斯
（Herbert Giles）翻译的李白诗歌后，他对李白、苏东坡、
王维和杜甫等中国古代诗人有了较深的印象。之后他开始从
其他语言对李白的诗歌进行翻译，凭借绘画功底以及对造型
艺术的认识，塔布拉达的图像诗诞生了，他对中国诗歌的推
崇也体现在了《〈李白〉及其他诗歌》中引用的马拉梅诗歌里：

> 模仿中国人内心明净透彻，
> 纯粹的出神境界全在写意，
> 写在醉月的白雪酒杯之上，
> 奇异之花散发透明的生机，
> 童年时用心感受到的花朵，
> 镶进灵魂的蓝色金银花丝。

图像诗

塔布拉达的图像诗主要集中在《〈李白〉及其他诗歌》
这部诗集。图像诗是个专有名词，不过内涵并不复杂，读了

这部集子很快就能懂。塔布拉达在保持诗歌原有音韵之美的基础上，赋予诗歌立体、多变的形式美。如果我们仔细翻阅、比较《〈李白〉及其他诗歌》中每一首诗的话，会发现塔

重若青花瓷瓶

风 吹散了

他的思绪

如同吹落一朵花

布拉达的图像诗形式多样，有图与诗的涵义相呼应的形式，比如《李白》中的这一段：

　　这一部分诗句构成的图形像一个倒下的瓷瓶，也像一朵将要凋零的花，与诗句内容相同。

　　也有诗为图诠释的形式，比如《鸟》中的诗句实际和

OISEAU

Voici ses petites pattes
le chant s'est envolé....

乌

这儿是它们的小脚印

歌声已振翅飞去……

图不一样，这首诗中图和诗形式分离但内容互补。

　　此外，我们在一些诗歌中还能看到象声词、活版印刷和拼贴画的技术效果，不禁使人联想到当时欧洲盛行的象征主义、立体主义和未来主义中使用的手法。一系列的创新是塔布拉达对诗歌发展做出的贡献，称他为拉美的先锋派文学先驱一点也不为过。

　　除了《〈李白〉及其他诗歌》，本书还选了塔布拉达的另外三部诗集。《一天……》（融合的诗歌）与《花罐》（解离的抒情诗）是姐妹篇，一同构成了诗人俳句与俳谐连歌的实验创作。从语言本体和语言文化环境来看，西班牙语和日语有较大差别，抛开形式和音韵的效果，塔布拉达用自己的语言来展现东方的恬静细腻、悠然自得的情趣实属不易，比起图像诗，读者们在阅读这两部诗集的时候会感到非常轻松。

《集市》（墨西哥诗文）是塔布拉达晚期的诗歌作品，从用词到意象，诗人注入了更多的墨西哥本土元素，就连配图也采用了墨西哥剪纸技艺。集市本来是人类的一种社会集体行为，但在塔布拉达笔下成了诗集的题目和主题，那么必然就带上了象征意义。

"集"是相聚，世上没有永恒的集市，有聚有散是人生常态。读诗也一样，此次阅读是一种感受，下一次看到应该是另一番滋味。

2022 年 2 月 8 日，于松江

译后记

胭+砚
project

图书在版编目（CIP）数据

《李白》及其他诗歌 / （墨）何塞·胡安·塔布拉达
著；张礼骏译 . -- 桂林：漓江出版社，2022.3
ISBN 978-7-5407-9186-5

Ⅰ . ①李… Ⅱ . ①何… ②张… Ⅲ . ①诗集－墨西哥
－现代 Ⅳ . ① I731.25

中国版本图书馆 CIP 数据核字 (2021) 第 276018 号

《李白》及其他诗歌：
LI-PO Y OTROS POEMAS
【墨】何塞·胡安·塔布拉达著
张礼骏译

出版人	品牌监制
刘迪才	彭毅文
责任编辑	特约编辑
彭毅文	丁聪　祝洋
书籍设计	责任监印
任凌云	陈娅妮

漓江出版社有限公司出版发行
社址 / 广西桂林市南环路 22 号
邮政编码 / 541002
发行电话 / 010-65699511 0773-2583322
传真 / 010-85891290 0773-2582200
邮购热线 / 0773-2583322
网址 /www.lijiangbooks.com
微信公众号 /lijiangpress

印制 / 北京盛通印刷有限公司
开本 / 787mm×1092mm 1/32
印张 / 10.125 字数 / 146 千字
版次 / 2022 年 4 月第 1 版
印次 / 2022 年 4 月第 1 次印刷

定价：68.00 元